## INTRODUCTION [1]

C'est une Étude très minutieuse de l'attitude que prend devant vous l'être aimé qui vous aidera à pénétrer peu à peu ses pensées les plus intimes.

Dans un exposé, clair et précis, je vous donne la manière la plus sûre pour disséquer en quelque sorte le cœur même de celui ou de celle qui semble vous aimer ou vous aime réellement.

Est-il sincère, cet être aimé? Est-il vraiment épris de vous? ou bien joue-t-il simplement une comédie pour profiter d'un moment de faiblesse où, sans défense — parce que votre cœur serait pris — il essayerait de vous détourner d'une route honnête que vous espériez suivre avec lui toute la vie, dans un mariage que votre cœur aimant désirerait.

Eh bien! Examinez avec attention chaque attitude que je vais vous dévoiler de cet être aimé, quand il se trouve près de vous. Sondez habilement ses gestes, ses phrases, pire, étudiez ses regards qui seront ou bien chargés de flammes langoureuses ou comme indifférents parfois, et lisez exactement —

---

comme dans un livre ouvert — dans le cœur, pire, l'âme de celui ou de celle qui occupe toutes vos pensées, qui a troublé votre cœur, qui, enfin, est pour vous le rêve affolant qui se pare de toutes les beautés, de toutes les séductions pour vous faire souffrir — si vous sentez son indifférence venir un jour — ou pour vous transporter d'aise, si cet amour ardent que vous ressentez pour cet être aimé est, au contraire, partagé par lui.

Etudiez avec soin chaque chapitre de cette Méthode et voyez exactement ce qui se rapportera à l'étude que vous aurez faite de ses gestes, de son attitude vers vous, de ses regards, de ses paroles mêmes que je vais mettre en relief pour vous instruire et vous guider dans ce chemin si ténébreux de la pensée humaine, de la transmission qui peut se faire entre vos deux âmes et de la clairvoyance qui vous guidera, pour sonder avec sûreté — et sans vous tromper jamais — le cœur de celui ou de celle que vous aimez.

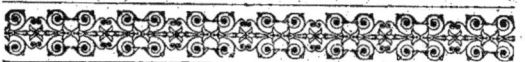

# CHAPITRE PREMIER

## Parler brusque.

Le parler brusque dénote toujours une colère con-
tenue et la volonté arrêtée de blesser ou de finir plus
vite l'entretien.

C'est un parler brusque qui doit vous avertir d'un
changement dans le cœur de l'être que vous aimez.
Comme vous avez peur à ce moment qu'il ne vous
quitte, vous restez généralement agressif vous aussi
et vous faites voir — malgré vous — le dépit que vous
cause cette attitude glaciale.

Pour lire dans cette âme, ce cœur qui se ferme à
toute expansion, dissimulez et tâchez de vous rendre
compte en observant le parler, les manières, les
regards, pire, l'intonation des phrases coléreuses qui
s'échappent furieusement presque de cette bouche.

A côté de cet énervement se placera toujours devant
vos yeux une cause morale, c'est un coup direct qui a

blessé cette âme, ce cœur qui — avant — frémissait de tendresse pour vous.

Si un choc intime a été ressenti par cette nature très susceptible, c'est que ce choc a été porté sur sa vanité par quelqu'un qui l'a blessé et a voulu détruire peut-être l'amitié qu'il avait pour vous. Comment savoir cela? Par une phrase adroite telle que :

— Ah! oui, je sais, on vous a monté la tête!

Si vous avez deviné juste, aussitôt cet être furieusement ripostera :

— Ah non! D'ailleurs, qu'aurait-on pu me dire si vous n'êtes pas coupable?

Cette phrase sera la pierre de touche que vous êtes tombé juste : la jalousie est en cet être, il a cru les paroles — mensongères ou réelles — qu'on lui a dites sur votre conduite.

Quand l'étonnement seul de son regard vous répondra, c'est que vous n'êtes pas tombé juste dans sa pensée qui se chagrine pour un autre motif.

Alors, doucement, parlez à cet être; essayez d'apaiser cette souffrance morale qu'on ne veut pas vous dire, comprenez que c'est une cause indépendante de sa volonté qui l'éloigne de cœur de vous et faites semblant de ne pas vous apercevoir de cet ennui que l'on cherche à cacher par une brusquerie feinte comme dans la colère de se dire :

— Tiens! puisque l'on veut nous séparer, autant de suite que plus tard!

Vous éviterez toujours une brouille qui se préparait par une douce pression de main, des gestes câlins et amoureux, une douceur complète et surtout un parler lent et caressant.

L'être aimé, vexé — s'il a été jaloux — ou subitement plus attristé — s'il subissait l'influence de ses parents — avec joie, saisira l'occasion de vous redire qu'il vous aime. Il sera reconquis et plus amoureux que jamais, il vous fera voir que vous avez su, par votre habileté à pénétrer sa pensée, toucher chez lui la corde sensible qui vibrait encore pour vous, mais, endormie par quelques traîtreuses paroles — ennemies de votre bonheur — avait failli se briser à jamais.

## CHAPITRE II

# Comment on sonde le degré
# de tendresse d'un ami ou d'une amie
# dans l'examen attentif de ses regards.

Ayez la patience toujours de fixer attentivement les yeux de l'être aimé, voyez — au moment où cet être vous parle — leur expression exacte qui sera le reflet de ses pensées bonnes ou mauvaises.

A-t-il de l'ennui? L'être aimé détournera ses yeux, de peur de laisser voir cet ennui qui sera marqué quand même par ce geste las et comme détaché de ce que vous pouvez dire.

Au contraire, sont-ils flamboyants? et, lançant des flammes coléreuses, semblent-ils sonder vos gestes, votre visage, tous vos mouvements? C'est l'indice d'une souffrance aiguë qui pince le cœur de cet être, et qui lui fait chercher à pénétrer ce qui se cache au fond de votre cœur même.

Vous aurez un résultat immédiat pour analyser ce qui se passe dans cette âme, ce cœur troublé, qui cherche à lire en vous-même, en laissant tomber négligemment de vos lèvres cette phrase :

— Comme le temps m'a paru long avant de vous voir !

L'être aimé follement énervé s'expliquera :

— Ah oui!.. Parlons-en!.. J'ai souffert, moi autrement, car je ne croyais plus trop à votre amour.

Vous verrez par cette réponse le ravage fait par quelqu'un qui a su monter la tête à cet être.

Laissez dire cet être aimé, n'essayez pas de lui faire entendre raison, la colère brille dans ses yeux, vous perdriez votre temps. Attendez et laissez passer cet orage, il redeviendra souple et aimable de lui-même quand les battements tumultueux du cœur se seront calmés.

Les yeux qui, caressants, se reposent sur vous, avec confiance, montreront une bonne foi complète : celui-là ou celle-là aime sans arrière-pensée. Mais, méfiez-vous quand même, car vous pourriez être dupe si ces yeux si caressants avaient un but caché qui serait de vous fasciner et de chercher à endormir votre confiance pour proposer une chose que — jusque là — vous aviez refusée.

Sondez plus attentivement les paroles de celui-là, son regard cache peut-être un piège subtil et une trahison qu'il compte faire et qui servirait à de noirs desseins qu'il aurait sur vous. Sondez-le par ceci :

— Comme vous me fixez, on dirait que vous voulez m'hypnotiser! Ceci dit sur un ton badin et moqueur.

L'aimé — s'il n'a pas d'intention coupable — sera étonné et vous dira :

— En voilà une question! Que voulez-vous dire?

Si, au contraire, il avait des intentions coupables, cet être aimé détournera de suite les yeux en disant :

— Allons, je crois qu'il est temps de nous séparer, les heures passent vite en votre société, mais on m'attend à tel endroit.

Ce sauve-qui-peut, qu'il saisira de suite pour éviter d'autres questions, vous fera voir un danger pour plus tard, si vous ne faites pas attention et si vous n'observez pas bien attentivement cette attitude dangereuse pour votre volonté, qui pourrait peu à peu — sous l'influence de cet être dominateur — subir une attraction magnétique un jour ou l'autre, qui vous laisserait inerte à sa merci.

Si cet être aimé a été simplement étonné, mettez sur le compte seul d'une ardente passion, du désir qu'il a de votre société et de la joie d'être près de vous, la flamme brûlante qui s'échappait de ses yeux, et dont les rayons charmeurs vous ont pénétré et vous ont fait tressaillir.

Dans les yeux de l'être que vous aimez se dessineront toujours ses impressions morales, un peu aussi de ce qu'il ressent physiquement.

Les yeux qui se voilent, comme d'une buée en vous regardant, montrent l'être complètement asservi à vos charmes, à votre volonté, l'être qui peut résister à sa famille, vous suivre au bout du monde, briser tous ses liens de parenté, pire, être votre esclave.

C'est par le regard que vous sonderez le degré d'amour, de désir ou de vraie tendresse que vous inspirerez. Vous aurez toujours soin de ne pas perdre votre calme. Soyez fort ou forte !

Laissez l'adversaire découvrir ses batteries, prenez-le au trébuchet même de son habileté à vouloir vous convaincre où, dans sa retraite, prudemment, il dérobait son regard.

C'est par le calme et une patience calculée que vous arriverez à voir clair dans ce cœur fermé toujours pour celui ou celle qui, à la légère, se jette — sans regarder — dans le chemin perfide et plein de pièges que l'amour tend sous les pas de tous les amoureux.

### CHAPITRE III

Pour lire dans le cœur
de l'être aimé
quand il est ironique et moqueur.

Le masque moqueur de celui ou de celle que vous aimez aura toujours la signification certaine d'un caractère enjoué, — mais surtout léger — qui, porté à la raillerie, vous montrera le peu de sincérité qu'il faut attendre de cet être.

La preuve d'un caractère éminemment changeant et surtout sans volonté, c'est une risée de tout ce que vous pouvez dire : soit que vous parliez sérieusement de l'avenir, soit que vous essayiez de faire comprendre à cet être qu'il faut enfin prendre une décision ferme, et savoir au moins quand vous pourrez annoncer à vos amis ou parents la bonne nouvelle de votre tendresse réciproque.

Si cet être — au lieu d'être un fiancé que vous désirez attirer au mariage — est un amant et a su par

**\*\***

d'habiles manœuvres vous charmer au point de vous faire oublier déjà tous vos sentiments d'honneur, eh bien! méfiez-vous encore plus, car cet être léger, de caractère volage et brouillon ne tiendra pas long-temps les promesses qu'il vous a faites.

C'est une grande attention dans la conversation qui peut vous mettre sur la voie quand vous parlerez de régulariser une situation équivoque ou bien — si vous être restée pure et honnête — de faire bien vite une demande en mariage à vos parents.

Le refus sous une forme caressante — mais quand même d'un ton badin et léger — vous prouvera que cet être aimé n'est pas sérieux et ne peut pas être pour vous celui qui vous protégera dans la vie plus tard.

C'est toujours une grande préoccupation qui vous serre le cœur quand vous recevez une lettre de l'être aimé. Que veut-il dire cet être adoré, là, dans des phrases qui — toutes — parlent de choses insigni-fiantes, mais jamais d'avenir?

Eh bien! Jeunes filles qui voulez sonder le cœur du bien aimé et lire dans ses pensées les plus intimes, dites-vous bien que le véritable amour est fait de timi-dité, de tendresse exaltée oui, mais aussi de respect pour celle que l'on adore.

Qu'a-t-il demandé celui-là dans sa lettre? Un ren-dez-vous?.. Est-ce dans un endroit où vous pourriez, sans crainte, vous rendre? ou bien est-ce dans une chambre où — seuls, tous deux — vous n'auriez que

votre vertu seule à opposer à ses avances amoureuses,
s'il vous en faisait!

Dans un endroit passager, où tout le monde peut
vous voir, c'est un bonjour affectueux seul qu'il veut
vous donner; il veut vous voir, vous serrer la main.
Mais dans le mystère de l'ombre qu'il réclame, si vous
acceptez le rendez-vous, dans une maison que vous ne
connaissez pas et où aucune parente ni amie ne sera
là pour vous garder, vous protéger contre vous-même,
c'est un piège que le séducteur tend à votre innocence,
votre naïveté, pire, à vos sens qui — s'ils sont émous-
sés par des lettres habiles où il a déversé à flots les
phrases qui ensorcellent l'imagination et le cœur des
sensitives — vous feront peut-être, follement amoureuse, vous jeter dans des bras tendus pour vous faire
tomber dans l'abîme, où votre vertu succombera trop
vite, hélas!

Défiez-vous toujours de celui qui, ironique, semble
narguer toutes vos candeurs, vos naïvetés, se rit de
toutes vos craintes de faire parler de vous.

Ouvrez l'œil et sondez chaque mouvement, chaque
phrase, voyez exactement par le jeu de la conversation
où veut en venir l'être aimé. S'il est sincère, si cette
ironie ne vise point un but coupable, vous vous en
apercevrez vite; il effleurera à peine les offres que,
fatalement, l'amour place devant l'imagination enfié-
vrée d'un être épris. Mais quand même il gardera les
distances respectueuses qui n'iront pas chercher à
vous faire oublier tous vos devoirs.

***

Cet être-là alors est sincère malgré son insouciance, il n'a pas de mauvais fond, il est honnête et vous pouvez avec confiance continuer à lui causer si, par ruse, vous l'entraîniez dans la route du mariage, ce qui vous sera facile.

Vous arriverez à un résultat suivant vos désirs; mais avec du temps, de la patience et beaucoup de finesse pour capter cette volonté indécise et chancelante.

## CHAPITRE IV

## L'amour vrai se dévoile
### dans des lettres sentimentales.

Comment sonder ce que pense l'être aimé dans ces phrases pleines de tendresse dont est émaillée sa lettre? mais aussi qui ne disent rien de précis, ne font pas voir ce qu'il pense et qui — toutes — crient : « Oui, je t'aime, je t'adore! » sans pourtant qu'il s'en détache ce reflet de franchise qui tout de suite vous saisit ou vous fait dire :

— Oh oui! C'est vrai ce qu'il dit là.

Vous aurez un point de repère toujours quand, ayant interrogé cet être aimé sur ce que voulait dire telle phrase, il vous montrera clairement ce qu'il voulait entendre par ces mots :

— Vous auriez dû accepter ce que je vous proposais,

✳✳✳✳

je vous répète que vous n'avez rien à craindre, ne suis je pas votre meilleur ami !

Si l'être aimé biaise, ne veut pas s'expliquer, semble même nier qu'il ait pu faire cette proposition — qui vous a choquée — comprenez de suite qu'il essayait de vous induire en erreur en profitant d'un moment où, sans réfléchir, vous eussiez acquiescé à cette imprudence qu'il vous proposait.

Si, au contraire, vous voyez une explication plausible de pouvoir vous parler plus longtemps, d'être plus seuls pour vous communiquer ce qui se passerait dans votre cœur à tous deux, loyalement, cet être vous dirait :

— J'étais fou — je le vois bien — de penser que vous auriez eu assez de confiance en moi pour me croire assez honnête pour respecter toujours votre vertu qui n'aurait rien eu à craindre, puisque ce désir de vous parler sans témoins n'était qu'une tendresse plus grande qui m'avait poussé à vous demander si cavalièrement ce rendez-vous.

L'excuse, les phrases, tout vous criera :

— C'était vrai !... il n'avait pas de mauvaises intentions et il faut mettre sur le compte seul de l'amour cette proposition qui n'était pas une insulte, mais le secret désir de me voir plus isolément et plus rapprochée de lui puisque des curieux — toujours gênants — n'eussent pu rire de notre amour.

L'être aimé, qui aime véritablement et qui a des intentions honnêtes, fait voir une timidité complète

ou bien — quand il a le tempérament passionné —
commet des gaffes que, tout de suite, il regrette et
cherche à réparer par des excuses, de plus grandes
démonstrations d'amour et surtout plus de respect
aussi dans ses phrases qui — toutes — montreront le
chagrin d'avoir blessé peut-être la personne adorée.

C'est un signe très sûr qui peut vous fixer si, dans
ses lettres, l'être aimé semble chercher surtout la douceur enveloppante des phrases et des démonstrations
d'amour.

Cet être aime sincèrement, c'est une nature sentimentale et sensitive, ce n'est pas une nature brutale
ni vulgaire, son cœur épris veut toujours la douce
illusion de l'amour fou exalté. Son être entier tres-
saille devant un mot seul de vous. C'est par toutes les
fibres de son âme que cet être vibre, sent et souffre si
vos lettres — devenant un jour ironiques, blessantes ou
froides — cherchaient à rompre cette douce intimité
du cœur qui, plus enlacé chaque jour par cette cor-
respondance amoureuse, sera plus solidement lié à
votre personne — car par des lettres échangées jour-
nellement, les amants s'enlizent toujours dans la passion folle, exubérante, et qui ne peut se briser que par
une fatalité, qui surgit un jour peut-être, mais qui ne
brisera jamais entièrement leurs souvenirs.

Toujours l'être aimé repensera à vous, si vous avez
eu soin d'éviter tout ce qui est blessant, moqueur ou
méchant dans vos missives amoureuses. La douce
attraction que vous provoquerez sera faite de ce par-

fum idéal qui sème sur tout ce qu'il touche son reflet poétique. Vous aurez devant vous l'arme qui fait avoir raison de ceux qui essaieraient de briser, par des manœuvres cupides ou brutales, cet accord tacite de vos deux âmes, vous pourrez attirer à vous complètement cet être par une grande attention.

Vous aurez toujours une victoire sur l'être aimé qui, follement sentimental, répondra avec délire, avec passion, à vos lettres d'amour.

C'est par le lien si mystérieux de l'imagination et du sentiment que l'on attache (1) solidement à soi un être aimé.

Tout ce qui n'est pas idéalisé par le rêve se brise, part, aussitôt qu'un obstacle se montre devant son désir ou sa passion. Mais l'être pris par le charme attrayant des lettres qui sont armées de phrases ensorcelantes, celui-là ne peut pas reculer, il est votre esclave, il vous obéira en tout.

---

(1) Voir du même auteur : *La Séduction par le Charme*.

## CHAPITRE V

## Lettres laconiques et brèves.

Le style laconique et bref, les phrases d'ennui —
quoique de forme tendre — une politesse exagérée
parfois, mais sèche, sans cet accent vibrant qui dénote
toujours l'émotion vraie qui part du cœur, vous
montrent la sécheresse d'âme, le manque de loyauté,
pire, un but que l'être aimé cherche à atteindre simplement.

C'est par une grande attention que vous lèverez le
voile qui cache aux yeux des crédules en amour le
caractère même qui peut se lire exactement dans le
style, la tournure des phrases, les mots qui sont autant
de témoins discrets — mais sûrs — de ce qu'a éprouvé
cet être quand il écrivait cette lettre que vous avez
reçue.

Avez-vous senti passer en vous un doute parfois sur

la loyauté de celui ou de celle que vous aimez? Oui,
souvent, hélas ! Mais vous n'avez pu discerner le vrai
du faux et savoir si vraiment vous étiez aimé aussi
follement que vous aimez vous-même.

Eh bien ! relisez lentement ses lettres, voyez exactement chaque mot, sondez-le. Est-il sec, comme
énervé? Les mêmes phrases reviennent-elles à inter-
valle régulier, pour vous faire des reproches que vous
avez mérités, sur un retard ou une inattention —
voulue ou pas — de répondre à ce qu'il vous avait
demandé?

C'est l'indice que l'être aimé est dominateur, susceptible, orgueilleux, qu'il a une tendresse pour vous,
mais surtout qu'il veut vous dominer, vous conduire,
même vous commander. C'est un être qui peut aimer,
mais qui est violent et surtout rancunier ! Méfiez-vous
de ce caractère-là, c'est un maître que vous voyez
clairement se dessiner devant vos yeux dans les
phrases qui — toutes — portent le reflet d'une exi-
gence, d'un ordre, pire, d'un commandement bref
qu'il vous fait.

Vous avez à vous méfier de cet être-là qui possède
la volonté et sait s'en servir, car il vous rappelle à
l'ordre et exige que vous répondiez si, oui ou non,
vous voulez ce qu'il veut ardemment. Vous aime-t-il?
Peut-être ! mais en despote qui ne veut pas se donner
la peine de vous prier, de vous supplier, de vous
montrer enfin tout ce que son cœur peut garder de
souvenir pour vous. C'est un égoïste qui s'aime plus

qu'il ne vous aimera, c'est un autoritaire et un tyran qui sera jaloux et vous fera subir méchamment sa mauvaise humeur toujours.

Quand vous aurez compris tout cela en lisant ses lettres brèves et laconiques qui ne parlent pas d'amour, mais au contraire ne parlent uniquement que de ce qu'il faut que vous fassiez pour lui faire plaisir, n'essayez pas de lutter par l'amabilité, par les phrases sentimentales, vous perdriez votre temps. Soyez diplomate et rusé, prenez-le au trébuchet même de sa vanité et de son orgueil, vantez bien haut son intelligence et faites-lui voir une soumission complète — simulée, il est vrai — mais qui le ravira, en semblant vous rendre à ses raisons. Vous atteindrez toujours le but que vous poursuivez sur cette nature froide et positive par une grande étude de son caractère, qui se montrera à vous dans ses phrases brutales et égoïstes.

Il faut absolument, pour arriver à l'amener à une passion folle (1), agir par une force plus grande que votre amour qui — seul — ne pourrait lutter devant cette barrière qu'oppose ce caractère hautain, glacial et autoritaire. Faites semblant d'accepter tous ses reproches, puis, sans lui faire voir que vous allez tenter sur lui une manœuvre qui doit vous assurer la victoire sur sa volonté, voyez très vite tout cet être glacé et ombrageux s'avancer vivement vers vous, devenir plus aimant, chercher à vous plaire, faire même des

---

(1) Voir du même auteur : *Pour attirer et séduire.*

démarches — qu'avant il n'aurait jamais faites — et s'engager vis-à-vis de vous pour la vie entière.

C'est par la ruse que vous serez victorieux ou victorieuse toujours sur cette nature volontaire, c'est par les conseils qui vous sont donnés que vous ferez de cet être aimé, un ou une sentimentale, qui, follement épris ou éprise, ne cherchera plus qu'à unir pour toujours sa destinée à la vôtre.

## CHAPITRE VI

# Comment on reconnaît

## une passion violente

### chez l'être aimé.

Avant de répondre à une lettre de votre ami ou amie, voyez toujours exactement l'ensemble de cette lettre, ne vous arrêtez pas à quelques mots qui vous semblent méchants au premier abord, ayant été tracés dans un mouvement d'humeur coléreuse peut-être.

C'est une attention plus grande qu'il faut alors pour sonder le point faible de ce caractère qui se dévoile si énergiquement et si franchement à vos yeux quand, dans des phrases méchantes, l'être aimé vous montre une rancune véritable pour tel ou tel méfait qu'il vous reproche — méfait imaginaire souvent — que son cœur affolé de jalousie a fait naître dans une crise, même de l'âme et du cœur qui souffre.

Ne vous blessez pas, voyez simplement l'effet seul d'un moral frappé par une peur irraisonnée : celle que vous vous retireriez de ce chemin sentimental où se tiennent continuellement ses pensées ardentes, ses désirs, pire, ses folles espérances d'union plus intime avec vous.

Quand, rageusement, vous voyez non par lettre, mais devant vous, cet être aimé manifester dans de grands gestes énervés ses doutes, ses accusations, pire, ses menaces de rompre si vous ne voulez pas lui expliquer pourquoi on parle de vous, pourquoi on dit telle ou telle chose malveillante sur votre réputation, c'est l'indice que le cœur souffre de l'être qui vous aime à l'adoration, mais qui — faible d'esprit et de nature très énervée — souffre et tremble de vous perdre un jour dans cette affolante angoisse qu'un autre puisse vous plaire.

Jeunes filles ou jeunes hommes qui aimez, rappelez-vous toujours que l'amour vrai est susceptible, ne peut pas cacher ses sentiments, fait voir toujours les affres qui sont continuellement les piqûres lancinantes qu'un cœur épris ressent pour celle ou celui qu'il adore.

Ces affres, ces tortures se manifestent toujours par de l'agitation, par des reproches amers, par des soupçons, pire, par des menaces souvent.

Ecoutez sans vous fâcher toutes ces protestations qui partent d'un cœur jaloux, mais tendrement épris. Redoublez de gentillesse, faites voir que vous souffrez, mais que vous pardonnez tout ce verbiage injuste parce que vous aimez ardemment vous aussi.

A tout ce tumulte, à toutes ces paroles ardentes et enflammées succède bien vite une émotion qui semble anéantir cet être aimé qui, devant vous maintenant, suppliant, doux et soumis, avec des yeux passionnés d'amour, vous demande de fixer l'heure où, de nouveau, il pourra vous rencontrer.

Les êtres qui sont pris complètement par l'amour sont toujours méfiants, toujours ils souffriront et seront injustes. C'est un des plus grands symptômes que vous puissiez constater que celui-là pour être non aimée, mais idolâtrée. Ne jouez pourtant pas avec ce feu ardent qui couve — tel un volcan — sous les phrases même les plus caressantes que vous puissiez entendre.

L'être, qui est amoureux de vous, cache toujours au fond de son cœur l'ardent tison qui, tout à coup, s'enflammant, pourrait le pousser aux pires extravagances et le faire aller même jusqu'au scandale ou au crime.

Ménagez prudemment cet être, soyez toujours calme et réfléchissez longuement avant de répondre, soit à une lettre, soit à une phrase blessante et provocante. Vous aurez une réussite toujours sur cet être en agissant avec douceur, calme et surtout avec les armes plus puissantes du Charme et de la Fascination (1).

C'est un être exalté par l'amour qu'il ressent, mais pincé complètement par la passion qui — plus violente que vous ne l'aviez espérée — lui ôte toute logique, toute patience et en fait un être désemparé même, au gré de ses désirs, devant tous les écueils que lui tendent la colère, la jalousie, le doute, pire, l'idée fixe que, peut-être, vous êtes courtisée par un autre et que vous pourriez rompre avec lui un jour.

---

(1) Voir du même auteur : *Charme et Fascination.*

## CHAPITRE VII

## Comment on fait revenir celui
## ou celle qui veut rompre.

L'absence complète de nouvelles de l'être aimé, un silence glacial à vos lettres les plus tendres, un dédain marqué pour vous, quand cet être vous rencontre et un mouvement brusque pour se détourner de votre chemin, tout cela prouve une idée bien arrêtée de rompre définitivement toute relation d'amitié avec vous.

Comment attirer de nouveau l'attention de l'être aimé ? Comment faire accepter une entrevue de quelques minutes à cet être qui vous fuit et, au contraire, même semble vouloir à tout jamais vous montrer que

vous n'existez plus pour lui dans son souvenir, qu'il
ne reste rien de vous, que votre visage même lui dé-
plaît, ainsi que toute votre personne, puisqu'il marque
ostensiblement son dégoût pour vous dans ce geste
brutal : détourner ses yeux et ne pas vouloir même
— ne serait-ce qu'une seconde — vous regarder ?
Comment lire dans le cœur de cet être aimé ? Comment voir si, oui ou non, la rupture est définitive ?

C'est un problème qui vous semble impossible à
résoudre. Eh bien ! jeunes amoureux, observez attentivement toute la personne de cet être. Trouvez-vous
continuellement sur sa route, ne vous rebutez pas,
laissez votre colère de côté et ne songez qu'à paraître
à ses yeux comme guéri de cet amour vous aussi. En
un mot, faites-lui voir que vous ne souffrez pas, que,
même, vous acceptez cette chose abominable : son
indifférence glaciale pour vous.

Très surpris, cet être tournera les yeux peu à peu
vers vous, ou bien pendant de longs jours, buté à son
idée fixe, il continuera à détourner les yeux quand
vous passerez près de lui. Dans l'un ou l'autre cas,
son attention sera attirée par ce fait seul que vous ne
cherchez pas à lui causer, que vous ne lui écrivez plus
de lettres de menaces ou de reproches, que, même,
vous paraissez très vivement accepter cette rupture.

Une surprise peu à peu se fera voir sur ce visage
placide avant. C'est toujours avec ce même dédain,
mais aussi avec une sorte de dépit qu'il vous regardera
un jour ou l'autre. Ce dépit sera visible quand vous

aurez été assez habile pour l'attirer par le Charme et le fasciner par la ruse.

Dites-vous bien que nul être ne peut résister au Charme et à la Fascination quand ils sont conduits avec ruse et habileté. Nul amoureux ou amoureuse ne peut rompre, si vous avez suivi à la lettre les indications données.

Toujours l'être qui veut rompre sera pincé de nouveau et sentira son amour revenir subitement par le Charme qui sera lancé vers lui. L'être aimé — qui se détourne de vous — a obéi à une idée fixe que son cerveau a fait naître par suite de circonstances qui ont éloigné de vous ce cœur follement épris avant.

Par de troublantes séductions et des armes habiles (1), cette idée fixe sera forcée de partir, de laisser place de nouveau aux flèches que votre volonté — conduite par la ruse — lancera sur elle. C'est une force réelle, qui sera inculquée et qui, pénétrant en vous — par les pensées qui vous seront suggérées dans cette Méthode — ira frapper le cerveau de cet être aimé, ira fouiller jusqu'au fond de son cœur pour le faire vibrer de nouveau, pour l'exciter à ne pas attendre plus longtemps pour faire une réconciliation.

Le cœur, subitement troublé de cet être aimé, follement se mettra à battre quand il vous rencontrera de nouveau et un jour très proche — après cette Étude que

---

(1) Voir du même auteur : *Pour faire naître la Passion.*

vous aurez faite. — vous aurez la joie folle de voir
toutes les pensées intimes de cet être chéri se tourner
vers vous, comme avant ce nuage qui était venu
assombrir votre beau rêve d'amour et vous faire
redouter la rupture définitive de tous vos projets
d'avenir.

CALYPSO.

Angers. — Imp. Gaultier et Thébert.

www.ingramcontent.com/pod-product-compliance
Lightning Source LLC
Chambersburg PA
CBHW061619180626
46818CB00005B/2145